D1381125

Barbapapa

Barbamama

Barbidou

Barbibul

Barbalala

Les Livres du Dragon d'Or
60 rue Mazarine, 75006 Paris.
Copyright © 2010 Annette Tison, tous droits réservés.
Loi n° 49-956 du 16 juillet 1949 sur les publications destinées à la jeunesse.
ISBN 978-2-87881-132-2. Dépôt légal : janvier 2010.
Imprimé en Italie.

9 8 7 6 5 4

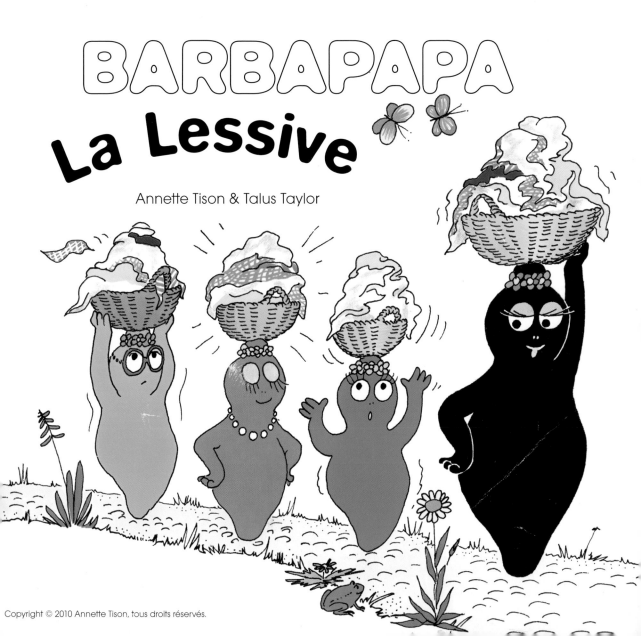

BARBAPAPA
La Lessive

Annette Tison & Talus Taylor

– C'est le jour de la lessive. Mais le lavoir est en si mauvais état! Il va nous tomber dessus!

Barbamama va demander de l'aide aux garçons.

– Barbapapa, il faut
reconstruire le lavoir !
– Nous sommes occupés...
Demain. Nous ferons ça
demain, répond-il.

Barbamama
est en colère.

8

– Venez, les filles ! On n'a pas
besoin de ces paresseux !
Au travail !

Barbamama dessine les plans
du nouveau lavoir.

– Maintenant, nous allons scier chaque pièce à la bonne dimension.

Barbamama rabote.
Barbalala dessine
les assemblages.

Voilà! Il n'y a plus qu'à fixer chaque élément
à sa place sans se tromper!

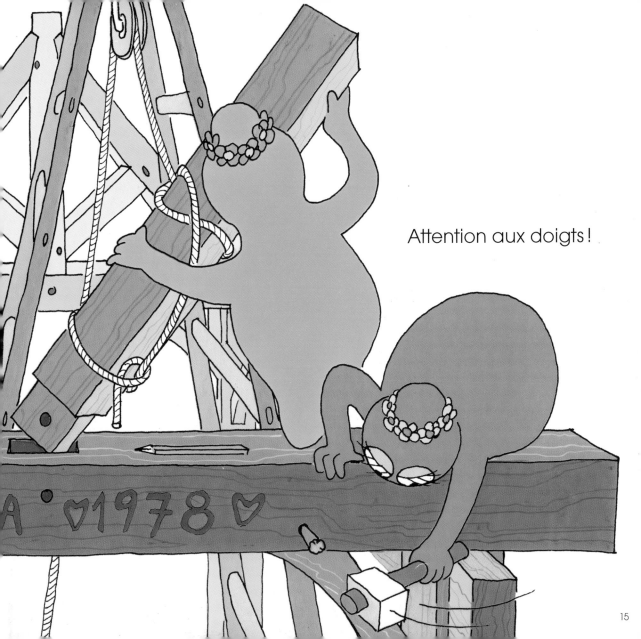

Attention aux doigts !

15

– Tiens! Voilà nos artistes! dit Barbamama.
– Bravo les filles! Peut-on encore vous aider?

– Mais bien sûr ! Vous allez pouvoir faire toute la lessive...

...et pendant ce temps, nous allons pouvoir nous reposer !